PORTRAITS HISTORIQUES

au dix-neuvième siècle

2ᵉ SÉRIE.

— 7 —

M. VILLEMAIN

PAR

HIPPOLYTE CASTILLE

Auteur de la Seconde République (1848 à 1852)

AVEC PORTRAIT ET AUTOGRAPHE

Prix : 50 centimes

PARIS

E. DENTU, LIBRAIRE-ÉDITEUR

PALAIS-ROYAL, 13, GALERIE D'ORLÉANS.

—

1859

M. VILLEMAIN

E. DENTU l.b. Edit Galerie d'Orléans 15 Palais Royal

PORTRAITS HISTORIQUES

Au dix-neuvième siècle.

2ᵉ SÉRIE.

————————— 7 —————————

M. VILLEMAIN

PAR HIPPOLYTE CASTILLE.

PARIS

E. DENTU, LIBRAIRE-ÉDITEUR

PALAIS-ROYAL, GALERIE D'ORLÉANS, 13

1859

PARIS, IMP. DE L. TINTERLIN ET Cᵉ

RUE NEUVE-DES-BONS-ENFANTS, 3

M. VILLEMAIN

Au moment où la classe moyenne, si magnifiquement représentée à la Constituante, renversait les priviléges féodaux et posait les bases de la Révolution française, naissait à Paris, d'une famille obscure, un enfant qui devait plus tard prêter à cette classe, devenue à son tour privilégiée, l'appui d'un immense talent.

M. Villemain (Abel-François), naquit à
Paris le 10 juin 1791, aux grands jours
des fédérations.

Son enfance n'offrit rien d'extraordinaire. Il fit ses études dans une institution dirigée par un de nos plus savants
hellénistes français, M. Planche. Nul n'a
plus fait que M. Planche pour l'enseignement du grec dans les colléges. Le
grec semblait enseveli sous la raillerie
des femmes savantes. M. Planche *réha-
bilita* le grec dont la médecine et la par-
fumerie ont tant abusé depuis. Il fit un
dictionnaire dont nos doigts se souvien-
nent, hélas ! mieux que notre mémoire.
Cet ouvrage, d'une rare perfection et que
l'on estime à juste titre, est toujours en
usage dans les colléges.

Élevé sous la constellation du grec,
M. Villemain devint un écolier exceptionnel. A douze ans, lorsqu'on n'est
ordinairement qu'aux premiers éléments

de cette langue morte, M. Villemain était déjà d'une force supérieure et traduisait à livre ouvert les poëtes grecs les plus difficiles. On sait qu'il était autrefois d'usage dans les institutions, de représenter de petites comédies devant les parents réunis à l'occasion de la distribution des prix, M. Planche, voulant faire de cette coutume une occasion d'enseignement de cette langue qu'il chérissait, choisit *Philoctète* pour pièce de distribution des prix. Chaque élève devait traduire lui-même son rôle. Le rôle d'Ulysse échut à M. Villemain, alors élève de 6e, et il s'en acquitta, au moins comme traducteur, de la manière la plus remarquable.

Il y avait là quelque chose de tout à fait exceptionnel qui n'était pas seulement le résultat d'un fort enseignement, mais qui dénotait des facultés singulièrement étonnantes. Traduire et réciter Sophocle à un âge où d'autres ânonnent l'alphabet ou écorchent un peu de latin, dénotait de la part du jeune Villemain une évidente prédestination pour l'enseignement.

En même temps qu'il étudiait sous M. Planche, M. Villemain suivait les cours du collége Louis-le-Grand. Il y eut, dit-on, pour condisciple, M. Mocquard, aujourd'hui secrétaire et chef du cabinet de l'empereur Napoléon III.

L'amour que M. Villemain portait à la langue grecque, M. Mocquard le vouait à la langue latine ; l'admiration que le premier accordait à Sophocle, le second la donnait à Tacite, dont peu de personnes ont mieux compris le génie politique et littéraire.

M. Villemain fit sa rhétorique sous MM. Castel et Luce de Lancival. A dix-huit ans, il suppléait ces deux célèbres professeurs de façon à ne les point faire regretter. Malgré son incontestable supériorité, malgré ses succès de collége, M. Villemain n'obtint qu'un accessit au concours général. Il acheva sa classe de philosophie en 1809, quitta l'institution de M. Planche, et se disposa à suivre les cours de l'École de droit.

M. Villemain entrait dans le monde à une époque exceptionnelle, où la Révolution, débrouillée du chaos des discordes civiles, triomphante à l'extérieur, ouvrait enfin à la jeunesse toutes les voies nouvelles que le régime des priviléges lui fermait autrefois. Quiconque, dans ces jours de reconstitution, sentait en soi remuer le génie littéraire, administratif, scientifique ou militaire, était certain de trouver sa place. On devenait à vingt-cinq ans général ou membre de l'Institut, pourvu qu'on en fût digne par la valeur ou le talent.

A la tête de l'Université, nouvellement reconstituée, l'Empereur avait placé un homme né pour les rôles officiels, homme du monde, littérateur médiocre, mais panégyriste élégant et varié, M. de Fontanes. A une époque où les sciences exactes et la carrière militaire offraient tant de débouchés à la jeunesse, les hellénistes et les latinistes étaient rares. M. de Fontanes songeait à répondre aux vues de l'Empereur en réorganisant sur de solides bases, l'enseignement des collèges. Il avait besoin de jeunes professeurs qui devinssent en quelque sorte des modèles pour cette pacifique armée de l'enseignement qu'il s'agissait de recruter. Les rares dispositions de M. Villemain frappèrent M. de Fontanes. Il lui fit quitter les bancs de l'École de droit et lui confia la chaire de rhétorique au collège Charlemagne.

Peu de temps après, M. de Fontanes organisait l'École normale, établissement spécial destiné à former des professeurs, comme au séminaire on forme des prêtres. Sans ôter à M. Villemain sa chaire de rhétorique, il le nomma maître des conférences à l'École normale. Son enseignement fit sensation à Paris. Il y mettait un esprit rare partout, et particulièrement dans les colléges.

Le bruit de cet esprit se répandit dans le monde. M. de Narbonne, aide de camp de l'Empereur, voulut voir et entendre le jeune professeur. Il ne dédaigna pas d'assister à une de se sconférences. M. Villemain a raconté lui-même dans ses *Souvenirs contemporains*, l'impression que produisit dans son auditoire l'entrée de ce personnage, mêlé à tant d'événements, et qui apportait au dix-neuvième siècle, dans les relations du monde, quelque chose de l'esprit et des grâces de l'ancienne société française.

Mais, où quiconque sait un peu d'histoire ne sera plus d'accord avec M. Villemain, c'est lorsqu'il pare cet ancien roué, compagnon de plaisir de Talleyrand, encore abbé, de Laclos et de Lauzun, des qualités qui feraient honneur au plus austère des sages de la Grèce.

Un jeune homme placé à vingt ans dans la situation où se trouvait M. Villemain, remarqué du ministre de l'instruction publique et de hauts personnages de cour, pouvait viser à la gloire et aux plus hautes fonctions. Il allait bientôt, en effet, faire de nouveaux pas dans cette double voie.

L'usage de prononcer un discours latin à la distribution des prix du concours général venait d'être établi. D'après les règlements de la nouvelle Université, le plus jeune des professeurs de rhétorique était chargé de prononcer le discours.

Celui que M. Villemain prononça, écrit en fort bon latin, eut beaucoup de succès.

M. de Narbonne le rencontra peu après dans un salon, le félicita et le questionna sur ses vues relativement à l'Université. Les vues de M. Villemain étaient alors que l'Université avait surtout pour mission de former une jeunesse dévouée à l'Empereur et à sa dynastie. Elles étaient exprimées dans le discours latin qu'il venait de prononcer. M. de Narbonne pria son jeune protégé de transcrire ce passage, d'y mettre en regard sa traduction, promettant de le mettre sous les yeux de l'Empereur.

Il tint promesse, et M. Villemain eut l'honneur d'être désigné par l'Empereur pour faire l'éloge de Duroc (1813).

L'année précédente, M. Villemain avait obtenu un succès non moins important. Dans la séance de l'Académie

du 23 mars 1812, M. Villemain avait
remporté le prix d'éloquence. Il avait,
en concurrence avec MM. Gay, Droz,
Victorin Fabre et Biot, envoyé un éloge
de Montaigne, où le génie de ce grand
moraliste était apprécié avec autant d'esprit que de clarté. C'était un morceau
académique dans toute la force de l'ex-
pression. L'élégance, la sobriété, la pu-
reté, la lucidité, qui distinguaient l'ouvrage de M. Villemain, lui valurent les
suffrages les plus éclairés. Il avait même
trouvé moyen d'être quelquefois original,
sans choquer ce qu'on nomme les règles
du goût. Le seul défaut qu'on reprochât
à cette œuvre était de manquer d'har-
monie dans les proportions. Quelques
parties avaient besoin de plus de développement.

Une légère disgrâce troubla un moment l'heureuse carrière de M. Villemain. L'enseignement universitaire, tel

qu'il était alors pratiqué, donnait lieu à
une perpétuelle apothéose des Brutus,
des Mucius Scœvola. On fit observer à
M. Villemain, que l'effet de ces exemples
et de ces éloges sur les jeunes têtes des
collégiens de la France impériale n'était
pas de nature à leur inspirer des sentiments fort dynastiques.

M. Villemain reçut avec un peu d'hu-
meur et de brusquerie, l'observation qui
lui était faite.

— « César, dit-il, ne faisait point ex-
purger, pour les jeunes Romains, les
œuvres de Cicéron. »

M. de Narbonne trouva mauvais qu'un
aussi jeune homme montrât aussi peu de
déférence. Il cessa de s'occuper de son
protégé.

M. Villemain, dans ses *Souvenirs
contemporains*, rapporte différemment le
même fait, quoique le résultat en soit le
même. Après avoir rappelé qu'il était

chargé de l'enseignement à l'École normale, sous la direction de M. Guéroult,
avec M. Burnouf et l'abbé Mablini, que
ses premiers élèves, MM. Cousin, Augustin Thierry, Patin, de Serres, Royer-
Collard, Dubois, Damiron et Poirson,
étaient plus âgés que lui, passe à la visite
de M. de Narbonne.

Lorsqu'entra l'aide de camp de l'Empereur, le cours roulait sur le dialogue
d'Eucrate et de Sylla, sur Marc-Aurèle,
sur Fénélon et Vauvenargues.

Quelques jours après, chez la prin-
cesse de Vaudemont, M. de Narbonne
dit à M. Villemain que ses sujets de
conférence déplaisaient à l'Empereur.
Telle est du moins la version de M. Villemain. On remarquera qu'ici sa disgrâce
n'est aucunement motivée, ce qui donne
à l'empereur Napoléon 1er, l'air d'un
tyran fantasque, n'obéissant qu'à l'ins-
piration d'un caprice du moment.

N'y eut-il aucune *allusion* fâcheuse dans la conférence de M. Villemain ?

Doué de bonne heure d'une ambition, très-naturelle d'ailleurs avec ses talents, M. Villemain réfléchit beaucoup à sa disgrâce. Il se fit dans sa jeune tête un travail considérable. Le coup d'œil qu'il jeta sur la marche des affaires humaines fut très-juste. Il comprit que le mérite seul ne suffisait pas pour faire son chemin.

Quoique ses *Souvenirs contemporains* ne s'expliquent pas à ce sujet, un mot qui lui échappa bien des années après dans la conversation, éclaire un peu cette partie du portrait que nous traçons.

M. Villemain était ministre alors. Un professeur de l'Université, M. Jacques, allait être éloigné de Paris. Il se présenta chez M. Villemain et sollicita un poste voisin de la capitale.

— « Mon cher monsieur, lui dit M. Villemain en le congédiant, il faut deux choses pour avancer : du mérite et des amis. Vous avez du mérite, vous avez en moi un ami, mais un ami ce n'est pas des amis. »

— « Il aurait pu ajouter, dit à quelqu'un M. Jacques, avoir des amis et savoir les conserver. »

Ce que ne sut pas toujours faire M. Villemain.

M. Villemain pressentait la chute de l'Empire. Elle devenait, après une coalition de vingt-cinq années et tant de trahisons accumulées, une conséquence inévitable. Par pur entraînement d'esprit, nous aimons à le croire, M. Villemain, dès 1813, recherchait l'amitié des hommes hostiles au gouvernement impérial. Il se liait avec Benjamin Constant, et l'année suivante avec Mme de Staël.

M. de Fontanes ne fut point fidèle à l'Empereur. A l'exemple de son maître, M. Villemain oublia qu'il avait jadis voulu former des hommes pour la défense de la dynastie napoléonienne.

Il devint un des habitués du salon de Mme de Staël. On sait que cette femme était laide et fort spirituelle. M. Villemain n'est pas non plus un Antinoüs, il est de plus un peu bossu et il a énormément d'esprit. Un mauvais plaisant, voyant ces deux personnages vis-à-vis l'un de l'autre et causant, dit :

— « Ils peuvent tous deux se croire devant leur miroir. »

Le mot était plutôt plaisant que juste, car Mme de Staël ressemblait à un gros Turc, et M. Villemain a, au contraire, le masque maigre des railleurs du dix-huitième siècle.

Les alliés étaient à Paris quand M. Villemain remporta une seconde fois le prix d'éloquence, décerné par la classe de la langue et de la littérature françaises de l'Institut. Son discours roulait sur *le*

avantages et les inconvénients de la cri-
tique.

Contrairement aux usages établis, M. Villemain fut invité à lire lui-même son discours devant les classes de l'Institut réunies et les souverains étrangers.

La coterie politique et littéraire de Mme de Staël n'avait pas été étrangère à cette dérogation. L'ovation qui fut ménagée à M. Villemain, sous le prétexte d'un cérémonial extraordinaire, était d'ailleurs plus dangereuse qu'enviable.

Si M. Villemain avait eu l'âme vraiment française, il eût décliné cet étrange honneur, ou il se fût du moins borné à lire son discours. Alors même que ses opinions l'eussent séparé du régime impérial, le patriotisme et la dignité lui commandaient de ne point ajouter aux humiliations de la France, en venant glorifier ses barbares vainqueurs.

Mais lui crut, au contraire, devoir

faire précéder son discours d'éloges à l'adresse du roi de Prusse. « Ce vaillant héritier de Frédéric, et de l'empereur de Russie, ce magnanime Alexandre, ce héros à l'âme antique et passionnée pour la gloire. »

Tout a été dit sur ce discours. Les uns en ont vanté la *noblesse*. Pour nous, nous préférons la race des Carnot, des Jean-Bon Saint-André, des Merlin (de Thionville), à celle des Villemain, des Guizot et des Benjamin Constant. Il n'y a pas de carrière publique dans laquelle un pareil acte ne fût une tache. On peut n'avoir point la religion des partis, ils ne méritent guère un culte si profond, mais la religion de la patrie est le premier des devoirs de l'homme ; Louis XVIII, lui-même, fut plus Français que M. Villemain, quand il menaça de faire porter son fauteuil sur le pont d'Iéna, le jour où l'étranger oserait le faire sauter.

Il faut que le temps modifie singulièrement l'optique de l'histoire, car ce
discours, objet d'un blâme universel, fut
considéré par le groupe de Mme de Staël,
de Benjamin Constant et de M. de Châteaubriand, comme un acte de libéralisme, d'une noblesse et d'une dignité
remarquables.

La récompense ne se fit pas attendre.
M. Villemain fut nommé suppléant d'histoire moderne à la faculté des lettres, en
remplacement de M. Guizot, qu'absorbaient les fonctions de secrétaire-général au ministère de l'Intérieur. M. Villemain dut abandonner alors sa chaire
de rhétorique au collége Charlemagne,
mais il garda sa position de maître des
conférences à l'École normale. Il aimait
avec passion l'enseignement scolaire. Il
lui répugnait de l'abandonner entièrement.

En 1819, M. Villemain obtint un

nouveau prix d'éloquence à l'Académie française, pour son éloge de Montesquieu. Ce travail contenait une analyse remarquable de l'*Esprit des lois*. Le mérite seul ne fit pas tout le succès de cette production. Elle emprunta aux circonstances, ou plutôt à la manière dont l'auteur envisagea son sujet, un caractère spécial que nous allons essayer de définir.

A l'époque où M. Villemain entra dans la carrière des lettres, l'attention de l'Europe était absorbée par les grands actes militaires de l'Empire. Depuis 1791, la France était en guerre. Le procès de la Révolution devant l'Europe n'appartenait plus, depuis longtemps, à la parole et à la plume. Comme on dit aujourd'hui, la parole était au canon.

La force des choses avait amené le débat sur les champs de bataille. Les publicistes avaient en quelque sorte col-

lationné, rassemblé les pièces du procès de la Révolution contre le principe
féodal.

Les tribunes l'avaient discuté devant
trois assemblées consécutives. La parole
avait grandi dans ces luttes mémorables,
mais elle s'était en même temps enflam-
mée de toutes les passions qu'une telle
cause devait enfanter. Les échafauds
étaient venus au secours de ces plai-
deurs impuissants. L'horreur et le dé-
goût s'étaient emparés de la nation.

Alors était arrivé le régime militaire
avec ses inconvénients et ses principes
rigoureux; mais qui, du moins, rachetait
par l'éclat de la gloire, ce qu'il ôtait à
la plume et à la parole, devenues impuis-
santes par leurs propres excès. Ce régime était transitoire et Napoléon Ier
n'avait d'ailleurs fait que répéter la
note des membres du comité de Salut-
Public : « La liberté est ajournée jus-

qu'après le triomphe de la Révolution. "

Or, c'était le triomphe de la Révolution que nos armées soutenaient en Europe, tandis qu'elle s'affermissait ici dans nos institutions et dans nos codes.

Tandis que ces grandes choses s'accomplissaient, un petit groupe de beaux esprits qui n'avait su s'accommoder ni de l'ancien régime ni du nouveau, qui avait pris la route de l'exil après le 10 août, quoiqu'il eût cabalé contre la monarchie depuis 1788, voulant sauver le roi après l'avoir mis en péril ; un cercle aussi exclusif en son genre que celui de Mme Roland, plus impossible parce qu'on y avait plus d'esprit et moins de principes, un petit Sunderbund de salon étroit, exclusif à l'excès, vivant d'isolement et d'incompatibilité, s'était formé en dehors de tout ce qui avait lutté, triomphé, vécu, souffert pour la France et la Révolution.

Et, au retour de Louis XVIII le groupe avait relevé dans son salon de Paris son canapé renversé, ranimé les tisons du foyer et repris le cours de ses causeries malveillantes.

Or, il s'était trouvé que ce roi sceptique et impuissant, ce roi voltairien que reniait la légitimité elle-même dans le secret de son cœur, il s'était trouvé que ce roi qui ne croyait à rien avait encore plus de patriotisme que le groupe dont nous parlons. Ce fut dans ce cercle où M. Benjamin Constant avait introduit M. Villemain, qu'on trouva nobles et dignes les paroles du jeune professeur aux monarques étrangers.

Tel fut le berceau de la *politique allusionnelle* dont M. Villemain devait devenir le chef.

Depuis vingt-cinq ans on y vivait de

bons mots et d'allusions colportées sous le manteau, de Coppett à Berlin, de Berlin à Pétersbourg.

La Secte avait eu son martyr : Mme de Staël.

Elle revenait enfin en France et commençait par s'emparer de l'Académie, son château-fort. Elle avait adopté M. Villemain dès les derniers temps de l'Empire. Le triomphe du jeune adepte devant les monarques étrangers fut l'œuvre de son influence. Il était de cette école qui voulut mettre la liberté dans une boîte comme une jolie petite bête et la regarder travailler, la montrer au public pour de l'argent, des honneurs et des places.

L'auteur de l'*Éloge de Montesquieu* regardait cet écrivain comme le préparateur du système représentatif. Fort bien, jusque-là ; mais M. Villemain se hâtait d'ajouter : « Système qui ne de-

vait trouver d'obstacle que dans la tyran-
nie militaire. » Ici M. Villemain oubliait
que le système représentatif, ou, comme
nous disions plus haut, le procès de la
Révolution contre la féodalité, n'était
pas le moins du monde liquidé quand
survint le régime militaire ; que ce régime ne succéda à celui de la presse et
de la tribune que lorsque celles-ci eu-
rent souvent démontré leur impuissance
à soutenir la lutte, se furent déshono-
rées par la cruauté, l'injure, l'abaisse-
ment du langage, les mesures draco-
niennes, l'oubli de toute garantie, de
toute dignité, de tout sentiment d'ordre
et par l'absence de toute capacité gou-
vernementale.

C'est ainsi que l'école de la *Politique
allusionnelle* sophistiquait l'histoire,
comme un droguiste qui altère les subs-
tances.

L'éloge de la Charte se mêlait ingé-

nieusement, quoique un peu ridicule-
ment, à l'éloge de Montesquieu. M. Villemain fut porté aux nues. L'allusion
couronnée des lauriers académiques
régna un moment sur la France, grâce
aux chimères de la Restauration.

M. Villemain fut nommé à la chaire
d'éloquence. Il écrivit alors son histoire
de Cromwell qu'il publia en 1819 :
C'était encore un sujet approprié aux
doctrines de l'école. On n'a pas oublié
qu'un des membres les plus influents de
cette secte publiait en 1852, pendant la
présidence décennale, un travail sur le
même sujet et lui donnait pour titre :
« *Cromwell sera-t-il roi ?* »

L'étude sur Cromwell, remarquable
d'ailleurs comme tout ce qui sort de la
plume de M. Villemain, par l'étude des
documents et par les qualités du style,
fut traduite en italien et en allemand.

M. Villemain parcourait alors d'un

pas rapide la carrière des honneurs et
des fonctions. Il fut nommé en 1819,
chef de division de la librairie et de la
presse au ministère de l'Intérieur. L'année suivante, à la chute de M. de Cazes,
il quittait le ministère, gardant seulement
le titre de maître des requêtes.

Nommé en 1820 chevalier de la Lé-
gion d'honneur, M. Villemain remplaça
l'année suivante M. de Fontanes à l'Académie française. Dans la séance du 28
juin, il prononça l'éloge de celui qui
avait été son protecteur et son premier
patron.

L'année suivante, il publia un manuscrit palimpseste, découvert en 1820 par
M. Mai, bibliothécaire du Vatican; c'est
un entretien attribué à Cicéron et intitulé : *de Republica*. Il publia peu de
temps après (1823), les *Discours et mélanges littéraires*, et en 1825, un roman
intitulé : *Lascaris*, ou les Grecs au

onzième siècle, suivi de l'essai sur l'état des Grecs depuis la conquête musulmane. On sait qu'un souffle de philellénisme passait alors sur l'Europe occidentale. Les hétairies avaient, depuis 1819, fait d'immenses progrès. L'heure de l'indépendance du Péloponèse approchait. Il régnait en France le même engouement pour les insurgés palykares qu'il en avait régné en 1788 pour les *insurgents* de l'Amérique. On faisait des collectes, des souscriptions. On dansait pour les Grecs comme nous avons dansé depuis pour les Polonais.

Ce n'était donc pas l'actualité qui manquait au roman de M. Villemain, mais les qualités natives qui constituent le romancier. Il prouva une fois de plus qu'on peut fort bien enseigner aux autres les règles de l'art, les observer pour son propre compte et n'en être pas moins impuissant à en exprimer les beautés.

Le résumé valait mieux. C'était un appel à la délivrance des chrétiens d'Orient.

Le cours de M. Villemain valait mieux aussi que son roman. Il était fort suivi. Des personnages célèbres y assistèrent. Dans un opuscule intitulé : *Souvenirs de la Sorbonne en* 1825, M. Villemain rapporte lui-même un des incidents de ce cours.

Il a pour nous ceci de curieux, que nous y retrouvons la tendance ordinaire de l'auteur à faire de l'à-propos et de l'allusion aux personnages célèbres :

« La leçon commençait à peine....
« Soudainement un immense cri est ré-
« pété coup sur coup : *Place au général*
« *Foy ! Vive le général Foy !* La foule,
« debout dans les corridors, se presse et
« se resserre ; la foule assise se lève
« pour saluer ; et, entre deux rangs épais
« qui se fendent à grand'peine, porté,
« soutenu par les bras, le général Foy

« arrive dans l'hémicycle et est déposé
« sur le banc d'honneur, à la place où
« siége, à certains jours solennels, M. le
« préfet de la Seine, tout cela au milieu
« d'un tonnerre d'applaudissements et
« d'acclamations.

« Le professeur, *assez déconcerté de
« cet incident* (1), JE M'EN SOUVIENS,
« après quelques efforts inutiles pour
« obtenir un moment de silence et apai-
« ser cette tempête d'enthousiasme,
« réussit enfin à dire, de manière à être
« entendu : « Messieurs, ici nous ne
« devons applaudir que les orateurs an-
« tiques, et nous n'avons de couronne à
« décerner qu'à Démosthènes. » Puis,
« se raffermissant, le moins mal qu'il
« peut, contre le choc subit d'une popu-
« larité si éclatante, dont la présence
« accablait la parole pacifique de la Sor-

_____

(1) C'est de lui-même dont il parle.

« bonne en même temps qu'elle la com-
« promettait, il reprend son discours
« interrompu et sa thèse du jour. »

Cette réserve faite, M. Villemain, qui, par une habile transition jetée au commencement de la séance, avait trouvé moyen de placer le nom de Démosthènes à côté de celui du général Foy, continua si bien l'allusion, que son jeune auditoire s'enflamma et fit éclater son enthousiasme pour le général.

M. Villemain fut blâmé. Le général Foy crut devoir une visite au professeur victime de son admiration pour lui.

Il y a beaucoup d'apprêt dans cette narration de M. Villemain. Le récit vise à une sorte de solennité. L'enseignement de la Sorbonne était alors entaché de ce défaut. Sous la rubrique *variétés*, le *Moniteur universel* reproduisait les cours de la Sorbonne. Les professeurs ne parlaient pas à la jeunesse, mais au monde entier. La chaire devenait une tribune.

M. Villemain publia beaucoup à cette époque. Il fit paraître les *Nouveaux Mélanges historiques et littéraires*, son *Essai sur l'Oraison funèbre*, des *Notices* sur *Milton, Pascal, Fénélon, Lhospital, Pope, Shakspeare, Lucrèce*, ses discours d'ouverture de son cours d'éloquence, des *Réflexions sur le système de traduction de Paul-Louis Courier*, une *Réponse au discours de M. Fourier, succédant à M. Lemouley*, son remarquable tableau de l'affaissement du polythéisme romain, des efforts de la philosophie stoïque des Antonins, et des progrès du Christianisme et de l'éloquence chrétienne. Ces études sont fort belles et remplies de citations puisées dans les Pères de l'Église, de portraits historiques, d'aperçus philosophiques nets, substantiels. On peut les considérer comme des modèles du genre.

L'espèce d'ovation que M. Villemain avait ménagée au général Foy, n'était pas l'effet d'un sentiment spontané. Une nouvelle modification venait de se produire, sinon dans ses idées au moins dans son attitude vis-à-vis du pouvoir. Il est juste d'ajouter que, de son côté, le pouvoir, sentant son existence minée par la savante opposition qu'on a nommée la comédie de quinze ans, se disposait à des mesures rigoureuses.

Ce qu'il faut pourtant constater ici, c'est que M. Villemain n'avait encore été l'objet d'aucune persécution, lorsqu'il inclina vers le parti libéral. Son évolution date de 1827. C'est alors que son cours prit une tendance au libéralisme.

Le projet de loi sur la censure ne fut mis en avant que sous le ministère suivant.

Faut-il conclure de là que M. Villemain n'avait pas foi dans l'avenir de la monarchie de 1815, et que, sentant la maison brûler, il faisait prudemment ses bagages ? Ceci ne serait qu'une supposition malveillante. Elle a été faite souvent. Dans un portrait de M. Villemain, publié en 1847 dans un petit journal (1), je rencontre cette phrase : « Il semble que M. Villemain ait eu pour Égérie le *Journal des Débats ;* il a toujours su se retourner à temps. »

Nous nous bornons, quant à nous, à constater le fait et à le dater. Le lecteur tirera lui-même les conclusions.

Les nôtres sont, que M. Villemain, comblé de bienfaits par la Restauration, prit dans ses convictions le courage nécessaire pour les oublier, comme il avait eu le courage d'oublier les bienfaits de l'Empereur. Il se souvenait de ce mot

(1) Dans le *Corsaire.*

d'un girondin : « La reconnaissance est la perte des nations. » Comme tel de ces illustres Romains dont il avait étudié l'histoire, M. Villemain sacrifiait au devoir l'un des plus doux sentiments de la nature.

Il fut blâmé par le ministère.

Alors, il se retira dans le sein de l'Académie, devenue pour le gouvernement de Charles X, le plus dangereux des conciliabules. Le Club des immortels, où siégeaient quelques uns des chefs d'emploi de la comédie de quinze ans, préparait une manifestation solennelle contre les projets du gouvernement.

Le ministère avait imaginé de restaurer le règne de Charles X, en rétablissant la censure.

L'Académie, sortant de ses attributions, mais poussée par un sentiment tout à fait louable s'il eût été parfaitement désintéressé de toute passion de parti et de compétitions individuelles, conçut le projet d'adresser au roi une supplique, afin de lui exposer les dangers qui menaçaient les lettres (1).

Dans la discussion qui eut lieu à ce sujet, M. Villemain prit plusieurs fois la parole. Il parla violemment et fut chargé, conjointement avec M. de Châteaubriand et M. de Lacretelle, de la rédaction de l'adresse.

Le gouvernement s'étonna qu'un fonctionnaire, c'est-à-dire un des instruments du pouvoir, cherchât ailleurs que dans le sein même du pouvoir à modifier la ligne de conduite du gouvernement.

M. Villemain perdit ce jour même son emploi de maître des requêtes au Conseil d'État.

Mais on lui laissa sa chaire en Sor-

(1) Séance de l'Académie française, du 11 janvier 1827.

bonne. Il y parut le lendemain. La jeunesse salua de ses applaudissements enthousiastes cette victime de la liberté.

Un ministère libéral, celui de M. de Martignac, offrit à M. Villemain la direction des Beaux-Arts au ministère de l'Intérieur. M. Villemain refusa. Le temps n'était plus aux fonctions. Il était à la parole. Ainsi que MM. Guizot et Cousin, M. Villemain s'adonnait entièrement à son cours. Ce triumvirat professoral sentait l'avenir et s'y préparait.

En 1829, M. Villemain se présenta aux élections devant le collége d'Évreux, et fut élu député; il siégea à l'extrême gauche et signa l'adresse des 221.

Nommé, en 1831, membre du conseil royal de l'instruction publique, et l'année suivante vice-président de ce conseil, M. Villemain ne fut pas réélu député. Le roi Louis-Philippe le dédommagea de cet échec en le nommant pair de France (1). L'Académie venait de perdre M. Raynouard, son secrétaire perpétuel ; elle lui donna pour successeur M. Villemain.

Cette élection offrit la singularité suivante : au premier tour de scrutin, M. Droz obtint onze voix, M. Villemain onze voix, M. Lainé une voix.

Au second tour de scrutin, même résultat.

Il s'agissait de procéder au scrutin de ballottage.

— « Il y a ici une personne bien obstinée, dit un des votants. Qui donc vote pour Lainé ? »

— « C'est moi, répliqua M. Lemercier. Je désire que M. Villemain sache bien que c'est à moi qu'il doit sa nomi-

(1) 1833.

nation , car, au prochain tour, je lui donnerai ma voix. Voilà comment je me venge de son opposition à ma nomination au collége de France. »

Le 13 mars 1839, M. Villemain fut nommé ministre de l'instruction publique. Ce ministère tomba sous le poids de la dotation du duc de Nemours. Le 29 octobre 1840, M. Villemain revint aux affaires avec son ancien collègue, M. Guizot. Il y déploya cette énergie pour l'étude dont ses travaux attestent l'ardeur, et présenta un projet de loi sur l'instruction publique.

Mais il avait demandé à la force humaine plus qu'elle ne peut donner. Pris en plein conseil des ministres d'un accès de fièvre chaude, il sauta par une fenêtre du château des Tuileries, tomba heureusement sur un massif de lilas et ne se fit point de mal.

Le lendemain, sa démission fut annoncée dans les colonnes du *Moniteur*, ainsi que son remplacement par son ami et collègue, M. Cousin.

Le maréchal Soult était président du conseil ; il proposa d'accorder une pension à l'ancien ministre et pair de France, qui comptait trente ans de services effectifs. M. Villemain fut blessé de cette proposition. Il trouvait qu'on lui avait bien précipitamment retiré son portefeuille.

M. Villemain a laissé dans les bureaux de l'instruction publique des souvenirs peu agréables ; il était brusque et fantasque avec ses subordonnés. Les employés de l'administration centrale de l'instruction publique étaient alors les moins rétribués de tous les ministères existants. L'avancement y était à peu près nul.

Le savant, chez M. Villemain, a conservé sa rude écorce de collége et ne s'est jamais complétement adouci au frottement du monde. Le style est plus poli que l'homme.

On en cite un exemple assez récent :

Lors du dernier concours académique, le sujet était : l'*Éloge de Regnard.* Le docteur Véron avait envoyé un manuscrit, et malgré le secret qui doit présider aux délibérations du conclave académique, M. Sainte-Beuve, qui soutenait le travail du Docteur, et qui le présentait pour le prix, laissa entrevoir à ses collègues qui était le véritable auteur. M. Villemain combattit de toutes ses forces la candidature de M. Véron au prix, et triompha. Dans son discours, faisant allusion à cet envoi, il dit: «Qu'un *Ramassis d'anecdotes* ne devait jamais passer pour de la véritable éloquence. »

Il y a pourtant des circonstances où cette complexion sèche et nerveuse se distend. Alors M. Villemain cède à de

nobles sentiments, à des inspirations gé-
néreuses.

Nous en savons deux exemples que
nous sommes heureux de citer.

En 1824, quand M. Cousin était illé-
galement retenu prisonnier en Allemagne, M. Villemain profita de l'occasion
de l'ouverture de son cours pour appeler
l'attention du gouvernement sur la cap-
tivité du jeune philosophe. Il rappela au
roi de Prusse l'accueil qu'il avait reçu en
1815, devant l'Académie française.

L'autre exemple est de plus récente
date.

Au mois de décembre 1851, M. Villemain ayant appris que M. Victor
Hugo était forcé de s'expatrier, il offrit
à Madame Victor Hugo, bien qu'il n'eût
jamais partagé les errements politiques
de son mari, toutes ses économies (envi-
ron 10,000 fr.), pour aider le premier
établissement du poëte dans l'exil.

Mais ici la générosité de **M.** Villemain est-elle bien exempte de toute
préoccupation allusionnelle ? Cet acte de
générosité n'était-il pas un de ces pe-
tits moyens d'opposition sans péril, tels
que les affectionnait le cercle ingénieux
de Mme de Staël ?

Depuis qu'il est rentré dans le silence
de la retraite, M. Villemain n'a pas uniquement profité de ce qui lui restait de
jours pour songer à Dieu. Son dernier
livre, auquel il a donné pour titre : *La
Tribune moderne,* et qu'il consacre à
M. de Châteaubriand, démasque les
dernières batteries d'une intelligence in-
tellectuelle qui, pour ne point sortir des
murailles, n'en espère pas moins rem-
porter des victoires. C'est l'honneur
même de l'esprit français que M. Villemain espère engager dans cette polémique, dont il veut bien fournir le thême,
mais à laquelle il n'est pas probable qu'il

prenne une part directe. Ici M. de Châteaubriand, M. de Narbonne et M. de Fontanes, ne sont qu'un prétexte. Après les *Mémoires d'Outre-Tombe*, que pouvions-nous apprendre de nouveau sur la vie publique et privée du solitaire de Marie-Thérèse?

Au surplus, M. Villemain s'explique lui-même à ce sujet : « Pourquoi recom-
« mencer une œuvre inutile ? diront quel-
« ques sages du temps ; à quoi bon re-
« prendre cette trame qui se tisse pen-
« dant de longues années et se brise en un
« moment ? Ailleurs, nous le savons, une
« liberté conquise pied à pied par des
« sectaires assez obscurs, des légistes du
« *droit coutumier*, des bourgeois opi-
« niâtres, s'est maintenue, s'est agran-
« die et subsiste encore. Mais, en France,
« des hommes de génie, à partir de Mon-
« tesquieu, ont célébré, ont accrédité,
« comme des théories d'abord , puis

« comme des droits acquis, ces mêmes
« principes, ces mêmes formes de li-
« berté politique : et rien de tout cela
« n'a tenu, malgré les philosophes et les
« beaux parleurs, tant ce régime est peu
« fait pour la France.—Cette objection,
« si commode pour l'apostasie et la ser-
« vilité, trouvera plus d'une réponse
« dans l'écrit que nous publions. Mais,
« quelque grave que soit une polémique
« où l'honneur même de l'esprit français
« serait engagé, nous avons à considérer
« ici une question plus générale encore,
« question de vérité absolue..., etc. »
A quoi bon achever le déroulement d'une
phrase dont la pensée réelle est formu-
lée ? C'est l'honneur de l'*Esprit français*
qui est engagé, prétend M. Villemain.
Voilà le terrain sur lequel il amène la
critique et dans lequel il circonscrit la
réponse qu'il compte trouver à l'écrit
qu'il publie. Mais comment veut-il que

la critique accepte ce terrain choisi par lui... et pour lui?

Ne nous est-il pas permis de lui répliquer, quand il veut identifier sa cause avec celle du public : Non, nous n'acceptons pas cette règle de combat. Ce n'est pas l'esprit français qui est en jeu, car s'il en était ainsi, tous, de quelque idée que nous relevions, nous serions tenus, sur cet honneur que vous invoquez, de prendre part à cette polémique. Ce n'est que de l'honneur de l'esprit parlementaire dont il s'agit. Et vainement, avec les ressources de votre admirable talent, avec l'autorité de votre nom, prétendriez-vous précipiter dans votre cause l'opinion tout entière et donner le change aux intelligences.

L'esprit parlementaire n'a, depuis la Constituante, représenté qu'une fraction de l'esprit français. Il est même douteux qu'on puisse réellement considérer cet esprit comme de provenance française, lorsqu'on remonte aux sources où les publicistes du dix-huitième siècle ont puisé cette doctrine. C'est aujourd'hui une vérité banale que l'Angleterre et le protestantisme, que l'anglomanie, qui s'est introduite en France depuis le Régent, nous ont inoculé cet esprit, dont les Parlements, ne fût-ce que par affinité de nom ou par simple ambition de corps constitués, se sont emparés avec ardeur. Quand les antiques dissidences entre la monarchie et le Parlement de Paris éclatèrent pour la dernière fois ; il se trouva donc en France un groupe de parlementaires, de fait ou de principes, hommes « passionnément raisonnables, » comme disait Mme de Staël, à la tête desquels on distinguait les Duport, les Mounier, les Malouet et quelques autres. Ces hommes formèrent dans la Constituante un parti puissant. La France doit à ce parti une reconnaissance à laquelle elle n'entend pas se soustraire. Elle sait ce qu'il apporta de courage raisonné, d'esprit de suite dans l'œuvre de l'émancipation commune. Mais que ce parti prétende à lui seul personnifier le génie de la Révolution française et l'honneur de l'esprit français, voilà ce que nous nions, l'histoire en main, et ce que M. Villemain ne nous persuadera jamais.

Passons maintenant à l'appréciation du rôle et de l'œuvre de M. de Châteaubriand par l'ex-ministre du roi Louis-Philippe. Il a choisi le nom de M. de Châteaubriand par orgueil de Français et par amour des lettres. « Mais, ajou-« te-t-il, ce que j'ai prétendu, avant « tout, rappeler, c'est une époque à ja-« mais illustre pour la France ; c'est un « noble exemple qu'elle a donné au « monde, que le monde n'a pas oublié,

« et dont la puissance est visible autour
« d'elle ? »

Nous ne pouvons que nous étonner de
voir trente années de notre histoire réunies en une même période et dans une
même sympathie enthousiaste par M. Villemain, quand nous savons, comme tout
le monde, que les quinze premières années de cette période ont été employées,
par ses admirateurs actuels, à la destruction du gouvernement qui l'inaugurait. Les articles du *Journal des Débats,*
les discours en Sorbonne, les remontrances de l'Académie, l'opposition des
221 qui eut l'approbation de M. Villemain, ne furent-ils pas l'acheminement
vers la Révolution de juillet ? Quel gouvernement n'a-t-il pas plus ou moins directement combattu, lorsqu'il n'était pas
ministre ?

M. Villemain a fait choix de M. de
Châteaubriand pour ouvrir la première

série de la *Tribune moderne*. Rien dé plus légitime ; car, disons-le avec franchise, nul mieux que M. de Châteaubriand ne personnifia ces princes de l'intelligence qui errèrent à travers la moitié du dix-neuvième siècle, objet de l'admiration des siècles et qui, en réalité, ne furent que des individualités que leur orgueil, la hauteur de leurs aspirations et le vague de leurs idées politiques, ne rattachaient à aucun régime particulier.

Nous avons lu l'œuvre de M. de Châteaubriand. Cette belle prose charma la mélancolie de notre adolescence. Les pamphlets de l'illustre écrivain séduisirent notre jeunesse politique ; ses mémoires apaisèrent notre curiosité. Qu'est-il resté de ces lectures de positif dans notre esprit? Quel sédiment fécond ont-elles déposé dans notre intelligence? Hélas ! avouons-le humblement, nous qui avons trop admiré ces grands solitaires, il n'est rien resté qu'une brillante poussière, bonne à jeter sur notre style informe, afin de le rendre, s'il se peut, moins insupportable au lecteur.

M. de Châteaubriand nous a sans doute encore initié à la volupté de l'ennui. Il nous a peut-être appris à porter avec élégance la lassitude des hommes et des choses. Il a jeté sur nos épaules de poëtes incompris un manteau de grand seigneur. Avec la fantaisie d'un génie funèbre, il s'est couronné de cyprès mêlés à des immortelles, nous initiant ainsi au romantisme de la gloire. Grâce à lui, les artisans de style, les habiles dans l'art de tuer par la parole, ont pu tordre et aiguiser une phrase comme un poignard de fantaisie. Ajoutons qu'il a lancé dans la mélodie amoureuse du siècle une note exquise, parce qu'il s'y mêle un raffinement de dévotion, de retenue, dont les poëtes érotiques du dix-huitième siècle avaient tari la source en France.

Voilà le plus clair de son influence. Elle est bien inférieure à celle que Goëthe exerça sur l'Allemagne. Elle ne dépasse même pas, parmi nous, l'influence si éphémère de lord Byron sur la société anglaise. Depuis Voltaire et Rousseau, nul homme de lettres, en France, ne peut se flatter d'avoir tenu le sceptre des esprits. Ces deux grands génies planent sur la Révolution française. Comme Aristote et Platon, ils se sont longtemps partagé le royaume des intelligences. Jusqu'en 1825, ils ont été le dernier mot de l'esprit français. Mais ce n'était pas aux gens de lettres proprement dits qu'appartenait le secret de l'avenir.

On se tromperait singulièrement, si l'on s'imaginait trouver dans le livre de M. Villemain un panégyrique de M. de Chateaubriand. La phrase de la préface : « Par orgueil de Français, etc., » n'est, comme la plupart de celles qui tombent aujourd'hui de la plume de M. Villemain, qu'une parole à double entente. Cet orgueil de Français et cet amour des lettres ne se rapportent point à M. de Châteaubriand, mais à ce qu'on pourra dire à propos de lui. M. de Châteaubriand est, au contraire, traité avec une incroyable amertume dans ce livre, qui n'est qu'un énorme pamphlet, où le fiel, mal dissimulé sous l'urbanité de la forme, altère trop souvent le charme de la lecture. Presque tous les actes, presque toutes les pensées de M. de Châteaubriand y sont présentés sous un jour fâcheux pour sa mémoire. On sent le mauvais vouloir du bourgeois contre l'homme de naissance, du littérateur contre le littérateur, de l'ex-ministre de Louis-Philippe contre l'illustre et malin vieillard qui, du fond de sa solitude, se borna à regarder gouverner, pendant dix-huit années, ceux qui avaient chassé son roi.

J'ai pris la peine de noter, en lisant, quelques-uns des reproches que M. Villemain adresse à M. de Châteaubriand, et j'ai été frappé de leur dureté. M. Villemain l'accuse d'*orgueil*, d'*affectation*, d'*ambition*, de *prétention*, de *faiblesse*, de *sécheresse*, de *hauteur*, d'*oisiveté*, d'*intrigue*, de *mensonge*, d'*insensibilité*, de *rancune*. Il lui reproche ici, je ne sais quoi de *théâtral*; là, *sa joie âpre du succès*, plus loin *sa conduite tortueuse*. Il suspecte, tantôt ses sentiments religieux, tantôt, à propos de sa sœur Lucile ou de Mme de Beaumont, ses sentiments particuliers. Avec quel malin plaisir ne cite-t-il pas certaines lettres de M. de Châteaubriand, à l'époque où il était secrétaire de légation à Rome ! Avec quelle joie, non moins âpre que celle du succès, ne l'humilie-t-il pas un moment devant l'habileté gasconne de M. de Villèle !

Quelle perfidie dans la façon dont il ra-
conte les ennuis de M. de Châteaubriand
lors de son ambassade à Rome, sous le
ministère Martignac ! Tout cela, bien
entendu, mêlé d'éloges, d'épithètes flat-
teuses d'*illustre publiciste*, de *grand
écrivain, d'admirable talent*. Il y a, il
faut le reconnaître, une part de vérité à
travers ces analyses, mais c'est de la vérité malveillante. On pourrait nommer
cela de la satire rétrospective, à propos
de mémoires posthumes.

Les derniers paragraphes de ce livre,
où les larmes et le fiel se combinent, s'at-
tendrissent un peu cependant. La mort
brise la rhétorique elle-même. Le plus
dur des sentiments, le sentiment de la
personnalité littéraire, résiste à tout, ex-
cepté peut-être à cette dernière épreuve.
Encore, n'est-ce pas sans réserve qu'il
est permis d'avancer une telle proposition.

Les poëtes chantent leurs morts les-

plus proches. Et c'est marquer, selon
nous, bien peu d'émotion que de trouver des rimes pour pleurer sa maîtresse
ou son ami.

M. Villemain ne va pas jusqu'à l'é-
motion. Mais son style fleurit un peu
lorsqu'il arrive à la mort du grand écrivain dont il vient de raconter la vie. Les
fleurs de la rhétorique croissent volontiers sur les tombes littéraires.

Son cœur ne se dilate pas tout à fait,
mais la contraction scolastique se détend
un peu et l'âcreté du fiel diminue d'in-
tensité.

On en jugera par les fragments sui-
vants : « L'imagination, cette compagne
« de la jeunesse, avait été pour beau-
« coup dans son caractère et son génie.
« Elle ne lui manqua jamais; mais elle
« parut, dans ses derniers écrits, sou-
« vent subtile et recherchée. »

« La même main, cependant, conti-

« nuait alors ou corrigeait les *Mémoires*
« *d'Outre-Tombe*, et y jetait quelques-
« uns de ces tons excessifs et faux, qu'on
« voudrait en retrancher. Affaibli par
« une langueur graduelle mêlée de vives
« douleurs , presque privé de mouve-
« ment, engourdi et irrité par sa souf-
« france, M. de Châteaubriand n'avait
« plus pour trève à sa tristesse que de
« courts efforts de travail et de tendres
« soins d'amitié. Les billets de ses der-
« nières années, que nous avons sous
« les yeux, sont tristes comme la vieil-
« lesse malade et déchue. « J'ai beau-
« coup souffert la nuit dernière. — J'ai
« eu une nuit déplorable; je vais m'en-
« fermer chez moi, étant incapable de
« sortir. — Je suis aux médecins et aux
« eaux-bonnes ; Dieu sait la foi que j'ai
« en tout cela. Le mal est que je ne
« puis sortir, que je ne vous verrai pas. »
Et, le lendemain de sa fête, la saint

François, que célébraient quelques amis :
« Voilà le triste 4 octobre passé. Ma
« nuit a été bien mauvaise ; mais je vais
« renaître avec le vieux soleil, pour être
« tout à vous. »

« Elle était, on le voit, devenue bien
« habituelle et bien profonde cette tris-
« tesse, que le grand écrivain avait tou-
« jours mêlée à ses rêves. Elle était
« main tenant toute sa vie. Il ne faut pas
« taire cependant ce qui lui restait en-
« core de consolations. La première était
« cette amitié déjà rappelée, délicate
« dans son enthousiasme, fine et gra-
« cieuse dans sa prévoyance, opposant
« surtout au chagrin amer de ce grand
« esprit une sereine et ingénieuse dou-
« ceur. Mme Récamier, tant admirée,
« lorsqu'au bras de M. Fox, elle éblouis-
« sait de son premier éclat et de sa blan-
« che parure les foules élégantes qui
« remplissaient le parc de Kingston, ne

« parut jamais plus noble et plus aima-
« ble que dans le salon où elle attendait
« chaque jour M. de Châteaubriand. Elle
« donnait à ce génie découragé de tout
« et de lui-même la dernière joie qu'il
« pût sentir. Elle soutenait, elle dis-
« trayait par l'admiration affectueuse
« celui qui avait tant aimé la gloire... »

« Il avait, de son vivant, accepté de
« sa ville natale, le don d'un coin de
« rocher, le Grand-Bey, en avant de
« Saint-Malo, pour servir au jour de sa
« sépulture.

« C'est là que le corps de M. de Châ-
« teaubriand, transféré de Paris avec
« un pieux cortége, fut déposé, le 19
« juillet 1848, après la présentation au
« curé de Saint-Malo par le curé des
« *Missions étrangères* de Paris, et la
« célébration du service funèbre dans la
« cathédrale de la ville, disposée en cha-
« pelle ardente. Plus de cinquante mille

« âmes assistaient à cette pompe natio-
« nale et sainte ; et, c'est au milieu du
« plus religieux silence, coupé seulement
« par le bruit du canon, devant des
« foules de spectateurs entassés sur les
« remparts, sur les récifs qui font face à
« la ville, et sur des barques amarrées,
« que le cercueil fut porté par quelques
« marins à l'extrémité du Grand-Bey,
« pour être enseveli au tombeau creusé
« dans le granit, que vient battre la
« marée montante, mais qu'elle ne dé-
« passe jamais, pas plus que le flot des
« âges ne couvrira la gloire de Château-
« briand...

« En essayant de décrire cette vie
« avec une étendue que ne comportent
« pas d'autres biographies toutes poli-
« tiques, nous rendons hommage à l'as-
« cendant réel du génie et à son action
« sur les âmes. Ce que n'eût fait ni
« Fox, ni Burke, ni Canning, M. de

« Châteaubriand l'a fait. Il a changé,
« dans l'ordre moral, une partie des opi-
« nions de son siècle, il a ramené la litté-
« rature à la religion et l'esprit religieux
« à l'esprit de liberté. Une influence, à
« la fois si forte et si variée, ne s'exerce
« pas sans un don supérieur, sans une
« puissance originale. M. de Château-
« briand, il faut le reconnaître, a été ré-
« novateur dans l'imagination, la critique
« et l'histoire. Par là une grande place
« lui sera conservée, malgré ses propres
« erreurs et les vicissitudes du temps.
« De Byron à Augustin Thierry, de nos
« éclatants lyriques aux poëtes étran-
« gers, une empreinte du génie de Châ-
« teaubriand se retrouve sur presque
« tous les talents de notre siècle ; et,
« par là même, elle a pénétré dans l'es-
« prit de ce siècle. Car le rapport entre
« le goût et les opinions est plus intime
« qu'on ne le croit, et se retrouve à tous

« les degrés. En ce sens, un maître élo-
« quent de la jeunesse a pu récemment
« dire, avec justesse et sans orgueil,
« que la littérature de la Restauration
« était la dernière littérature de la
« France ; c'est-à-dire que, si la liberté
« politique suscitée à cette époque, et
« qui la continua, disparaît entièrement
« des lois et des esprits, cette littéra-
« ture ne sera pas remplacée ; et le
« monde verra ce qu'il a vu déjà, l'ex-
« tinction de la pensée et de l'art sous
« le développement excessif de la ma-
« tière et de la force. »

Par la publication de ce livre et par
les deux ouvrages qui l'ont précédé,
M. Villemain a uniquement prouvé, une
fois de plus, une vérité qui a été dite
avant nous et qu'on peut généraliser : Certains hommes n'apprennent ni n'oublient.

Je me figure volontiers M. Villemain,
les deux mains croisées derrière le dos,

se promenant dans son cabinet et consi-
dérant mélancoliquement deux gravures
qui doivent certainement orner sa retraite : « Souvenirs et regrets. »

FIN.

Madame,

Je choisis, pour m'épaser, le moment de votre succès. Il me semble que vous devez avoir l'indulgence de la victoire. Moi, en ma seule qualité perpétuelle, je me félicite qu'on ait à l'académie tant d'élévation et de bon goût.

Je n'en aurais pas été moins charmé de pouvoir entendre la suite de un drame libre composé par l'opposition avec tant de verve et d'originalité. Et je vous prie de me plaindre de n'avoir pas assisté à la dernière lecture.

. . . .

Agréez, Madame, mon respect.

ce [.] avril   Guilleman

PORTRAITS HISTORIQUES AU XIXᵉ SIECLE

EN VENTE

NAPOLÉON III.
ALEXANDRE II.
GÉNÉRAL CAVAIGNAC
DUCHESSE D'ORLÉANS
DELCARRETTO, ex-ministre du roi de Naples
DROUYN DE LHUYS.
LEDRU-ROLLIN.
PALMERSTON.
MONTALEMBERT.
LOUIS BLANC.
MANIN, ex-présid. de la république de Venise.
MICHELET.
VICTOR HUGO.
SAINT-ARNAUD et CAN-ROBERT.
ESPARTERO et O'DON-NELL.
TALLEYRAND.

A. BLANQUI.
METTERNICH.
LOUIS-PHILIPPE.
FRÉDÉR. · GUILLAUME roi de Prusse.
LAMENNAIS.
COMTE DE CHAMBORD
GUIZOT.
MADAME DE STAEL.
CHANGARNIER.
BENJAMIN CONSTANT
LE PRINCE A. GHIKA.
CHATEAUBRIAND.
BÉRANGER.
M. THIERS.
ARMAND CARREL.
LAMARTINE.
RÉCHID-PACHA.
PAUL-LOUIS COURIER.
DUCHESSE DE BERRY.

NAPOLÉON Iᵉʳ. 2 vol.
LAMORICIÈRE.
JULES FAVRE.
PIE IX.
ÉMILE DE GIRARDIN.
PROUDHON.
LAFAYETTE.
LA REINE VICTORIA.
EDGARD QUINET.
CASIMIR PÉRIER.
OSCAR Iᵉʳ, roi de Suède.
LES JOURNAUX sous l'Empire et la Restauration.
LES JOURNAUX sous le règne de Louis-Philippe.
LES JOURNAUX depuis mil huit cent quarante-huit.

2ᵉ SÉRIE

LE Mᵃˡ PÉLISSIER.
LE PÈRE ENFANTIN.
M. DE MORNY.

LE PRINCE DE JOIN-VILLE ET LE DUC D'AUMALE.

LE PRINCE NAPOLÉON BONAPARTE.
M. BERRYER.

SOUS PRESSE :

BAROCHE.
CAVOUR.

LE PÈRE FÉLIX.
PÉREIRE.

L'IMPÉRAT. EUGÉNIE.
LE Mᵃˡ BOSQUET.

VICTOR-EMMANUEL, roi de Sardaigne. | FERDINAND II, roi de Naples.

CONDITIONS DE LA SOUSCRIPTION :

Une biographie complète, paraissant tous les 15 et 30 de chaque mois.

Prix de chaque Biographie : 50 centimes.

En envoyant un bon de poste de 5 francs, on reçoit franco, aussitôt leur publication, dix biographies.

IMP. DE L. TINTERLIN ET Cᵉ, RUE Nᵉ-DES-BONS-ENFANTS, 2.